N
S
Lanzarote
Fuerteventura
Gran Canaria

A Mar y José María, rebeldes
e indómitos como Ferinto.

Versión de Lorena Marín
Ilustraciones de Ana Campos

© SUSAETA EDICIONES, S.A.
C/ Campezo, 13 - 28022 Madrid
Tel.: 91 3009100
Fax: 91 3009118
D.L.: M-9504-MMXIII
www.susaeta.com

Leyendas Canarias

El salto del Guanche

Versión de Lorena Marín
Ilustraciones de Ana Campos

—¿Conocéis la leyenda del valiente bimbache[1] Ferinto? —preguntó el abuelo Martín a sus dos nietas.

—¡Nooo!

—Pues si acabáis pronto los deberes, os la contaré.

Kella y Nyra se apresuraron a sacar sus cuadernos y estuches y, en silencio, se pusieron manos a la obra.

Les encantaban las historias que su abuelo les narraba sobre los primeros habitantes de las Islas Afortunadas.

Cuando terminaron sus ejercicios, el anciano se acomodó en su sillón preferido y empezó el relato:

1. Bimbache: antiguos pobladores de la isla de El Hierro.

Hacía tiempo que Jean de Bethencourt asediaba la isla de El Hierro. Casi todo el pueblo había caído bajo el yugo del conquistador, excepto un joven bimbache de nombre Ferinto.

El joven era el tormento de los castellanos. Se mofaba de ellos, y ridiculizaba a Jean de Bethencourt y a sus compinches cada vez que se le presentaba la ocasión.

Ana CAMPOS

Como conocía la isla como la palma de su mano, se escondía en las cuevas cuando los soldados se acercaban. Ferinto imitaba los rugidos de los animales salvajes y los hombres salían despavoridos.

La agilidad del muchacho era tal que los conquistadores, desesperados, tuvieron que sobornar a un isleño para que lo traicionara.

AARRRGGGGGRGGRGGGGR

Una mañana, los soldados rodearon la guarida del joven; al verse sorprendido, éste sacó todo el valor que poseía y consiguió escapar una vez más. Huyó hasta un profundo barranco cercano a la villa de Valverde.

Desgraciadamente, le sirvió de poco porque sus perseguidores lograron alcanzarlo.

A sus espaldas, los soldados lo acosaban para apresarlo mientras que, a sus pies, el imponente desfiladero era una peligrosa trampa mortal.

El cerco a su alrededor se cerraba cada vez más…

—¿Y qué ocurrió? —preguntó Kella mordiéndose las uñas por la angustia.

Las niñas parecían estar viviendo como suyas las persecuciones de Ferinto.

Estaban tan entregadas a la historia que dieron un salto de sorpresa al oír el timbre del teléfono.

—Es vuestro padre; vendrá dentro de cinco minutos —dijo el abuelo.

—¡No!, todavía no —pidió Nyra—, sigue contando la historia.

—Tenéis cita con el médico para que os vacune; seguiremos con la leyenda mañana.

Todas las tardes, Kella y Nyra merendaban en casa de los abuelos mientras sus padres trabajaban.

Las hermanas se despidieron de Martín y se marcharon un poco tristes.

A la mañana siguiente, Kella le contó a sus compañeros de clase la historia del joven bimbache. Durante el recreo, los chicos jugaron a perseguirse. Romén, el mejor amigo de la niña, hizo del valiente guanche y los demás tenían que atraparlo. El que conseguía tocarlo se convertía entonces en Ferinto. Los bancos y los columpios del patio se transformaron en peñas, barrancos y volcanes bajo la imaginación de los escolares.

SoY 1 SoL
ANA CAMPOS

Al día siguiente, el abuelo Martín siguió contando la historia.

—Bueno, pues como os estaba diciendo ayer:

Ferinto se sentía angustiado y perdido. Le vino a la memoria cuando una vez se había escondido de los españoles en un tubo volcánico, una enorme cueva que daba a numerosos pasadizos y galerías, y cómo se había divertido despistando a sus perseguidores. Los soldados se perdieron y pasaron mucho miedo en las cuevas, porque creían que en ellas moraban terroríficos monstruos.

Pero ahora, estaba acorralado. Si saltaba al abismo, moriría; y si se dejaba apresar, pasaría el resto de su vida bajo el yugo de los conquistadores.

—Mi libertad es lo más importante —dijo en voz alta.

Se encomendó a sus dioses y, tomando aliento, dobló sus poderosas piernas y saltó lo más lejos que pudo.

Los soldados no se creían lo que acababan de ver. ¡El joven había logrado llegar al otro lado del barranco sin morir despeñado!

—¡Uff!, ¡menos mal! —gritaron las dos hermanas—. ¡Viva Ferinto!

—El lugar donde aterrizó el joven isleño se conoce hoy en día como «el Salto del Guanche» —explicó el hombre—. ¿Qué os parece si vamos a la biblioteca para buscar algún libro sobre El Hierro y sus leyendas?

—¿Os gustaría pasar unos días allí en vuestras próximas vacaciones? Visitaríamos el lugar donde ocurrió la proeza del joven bimbache. La abuela conoce muy bien la isla.

—¡Sí! ¡Bieeen!

—¿Podremos hacer submarinismo?

—¿Veremos la Bajada de la Virgen de los Reyes?

—¿Visitaremos el tubo volcánico donde se escondió Ferinto?

—¿Podremos traernos algún lagarto gigante?

El anciano no daba abasto para contestar a todas las preguntas.

—Tranquilas, no os preocupéis. Planearemos el viaje para intentar hacer todo eso —explicó el abuelo Martín—. Ahora, ¿queréis saber qué pasó con Ferinto?

—Claro, abuelo. ¿Logró escapar?

—Lamentablemente, los soldados eran muchos y acabaron por acorralarlo.

RRGGGGRGGRGGGGR

Cuando Ferinto vio que los conquistadores lo rodeaban, ya a punto de apresarlo, lleno de desesperación lanzó un grito tan fiero y tan alto que cruzó toda la isla. El grito saltó por los barrancos y arboledas, rebotó sobre los volcanes y logró atravesar todo El Hierro.

Los pastores y sus rebaños, al oírlo, se asustaron y los animales se desperdigaron por el monte.

Su alarido, conocido como «el grito más fiero», se hizo tan famoso que lo convirtió en un héroe para el pueblo bimbache.

AAARRRGGGGGGGGGGGGGGGGGRRGRR
RRGRGRRRRRRRR
ARGRRRGGGRGGGGGRGGGGGGGRGGG
ARARARRGGRGRGGH
Ana CAMPOS 2011

Islas Canarias
o Afortunadas
Océano Atlántico
La Palma
Gomera
Tenerif
Hierro
San Borondón